KB206706

흰머리 검게 물들이고

흰머리 검게 물들이고

박수여 제2시집

문학시티

나 자신에게 칭찬하고 싶다

누렇게 패인 벼 이삭, 수확을 알린다. 풍요롭다.
무더웠던 여름이 너스레 떨면서, 서서히 밀려나고 있다.
나의 보물이었던 시어들을 서가에서 끄집어내 가을 햇살에
거풍한다.
부풀어 올라 도톰하다. 책으로 묶기 좋다.
도톰한 만큼 부끄러움, 가을 하늘처럼 높다.
쇼펜하우어 말 중에 한번 시작한 일은 끝까지 완수하라.
라는 말이 있듯이 현명한 사람은 목표를 쫓을 뿐 아니라
그것을 끝까지 완수하는 법.
고마운 일, 잘한 일이라고 나 자신에게 칭찬하고 싶다.
시집 발간이 앞으로 계속 이어지길 바라는 욕심이 있다.
가을바람 살랑살랑 예쁜 짓 한다.

2024년 여름의 끝자락에서
박수여

차례

제1부 시간의 공간

제2부 별은 그리움이다

제3부 오월에 눈꽃 핀다

제4부 산책길

제5부 흰머리 검게 물들이고

제6부 어제의 얼굴

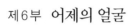

제1부
시간의 공간

봄 햇살이 풋풋하다
잔디 덤불 사이로 다소곳이 얼굴 내민 제비꽃
보랏빛 덧니 내놓고 웃는다
동그랗게 웃는 노란 민들레
웃음꽃 피는 아침 수다스럽다

퉁퉁함에 대하여

노란색 입은 조그마한 마을버스
퉁퉁한 여인 앞에 멈춘다
작은 문 안으로
아침 햇살과 함께 밀어 넣는다
통과 순간 아픔에 자지러진다
어찌할꼬?
몸은 다 들어가지도 못했는데
버스는 출발한다
깜짝 놀란 승객같이 소리 지른다
엉겁결에 버스 세운 기사 아저씨
성난 황소 목소리로 말한다
"살 좀 빼세요"
무안당한 허리통 굵은 아줌마
이스트 넣어 부풀린 배
힘껏 배꼽노리 안으로 집어넣는다
입안에 바람 가득하다
잘록해진 몸매 안고 버스는 달린다
차창 밖
사월의 들풀들 푸르게 응원하고

AI의 효심

매미가 뜨겁게 울어대는 여름날
식구들 돈 벌러 나가고
집안에 더위와 함께 있다
거실 한 귀퉁이
낡은 선풍기 하나
난데없이 에어컨 바람 분다
깜짝 놀라 집안 둘러보니 아무도 없다
분명 나는 리모컨 근처 얼씬도 하지 않았는데
(하루살이 한 마리 유유자적 날고 있을 뿐)
번쩍 머리를 스치는
아들의 핸드폰
(요즈음 AI시대)
요즈음 핸드폰에 입력되어 멀리서도 에어컨을 작동한다
손가락 하나에
더운 여름 시원한 효도
(엄마는 전기요금 걱정에 슬며시 *끄지만*)

별에서 오다

나는 별이다
까마득히 오래전
머나먼 행성에서 지구로 떨어진 별똥별
눈도 뜨지 못했던 아기별
엄마 젖 빨면서
양 볼에 살이 토실토실 오르고
햇살에 나무 자라듯 키가 쑥쑥
유머와 재치 풍성한
말괄량이 아가씨로 성장하였네
앞가슴 풍만해질 무렵
한 남자의 구애
못 이기는 척 허락했다네
웨딩마치 올리며 둥지 틀어
두 아이 엄마별 되었네
하늘의 별 온통 내게로 쏟아져
퉁퉁한 마누라로 살았네
나는 별에서 온 문단의 샛별
문학세계 휘젓고 다니는 스타 할머니 박수여

눈발이 쏟아지던 날

하염없이 쏟아지는 눈발
거리가 온통 하얗다
걷고 싶은 마음 일어난다
가방 걸쳐 메고 거리를 걷는다.
쌓인 눈 속으로 발이 푹푹
어그 부츠 발자국
뽀드득뽀드득
도장찍으며 따라온다
벌어진 밑창 사이로 눈 스며든다
발 젖어도 왠지 기분 좋은 날
벌어진 부츠가 웃는다
염색한 머리가 하얗게 웃는다
여민 코트 사이로 눈발이 날아든다
차가움에 몸이 움찔
주머니 손 넣은 채 트위스트 춘다
날아든 눈송이 줄행랑
뒤따라오던 강아지 화들짝 놀라
긴 꼬리 물고 뱅뱅 돈다
여전히 눈발은 쏟아지고
반기는 이 없어도 집에는 가야지

봄을 파는 포크레인

겨우내 잠자던 나무뿌리 기지개 편다
얼었던 돌산 금이 간다
돌덩이 봄바람 타고 우르르
지나가는 사람 놀라
겨울 끝자락 밀고 줄행랑
봄이 눈치 빠르게 뒤따라온다
소형 포크레인 등장 봄을 판다
포크레인 소리 요란하다
강아지가 짖는다
잠자던 어린아이 놀라서 운다
온 동네가 시끄럽다
삐죽빼죽 파진 돌 틈 사이
파란 새싹 수줍게 고개 내밀고 봄 인사한다
엊그제 시집온 새댁
창문 커튼 사이로 빠끔히 내다본다

봄이 목걸이하고

봄바람 산들산들 싹을 틔운다
라운드 티셔츠 밖으로 삐져나온 목덜미
의사의 처방으로 덜커덕 채워진
커다란 호랑나비 플라스틱 목걸이
목이 뻑뻑하다
꽃바람에 활짝 핀 매화가 도도하게 쳐다본다
날지 못하는 호랑나비
목에 채워진 채 도도하게 거리를 걷는다
산책 나온 포메라니안 강아지가 짖는다
봄이 '쯧쯧' 혀를 찬다
버스 오르면 그래도 플라스틱 목걸이가 효자다
자리 양보 해주는 승객도 있다 고마운 일!
꽃바람 산들산들
어느새 목 언저리에서 호랑나비 날고 있다

등에 핀 꽃

이팝나무 오월의 거리 하얗게 수놓는다
바람에 떨어지는 하얀 꽃잎
등판으로 떨어져 흉터 자리 덮어준다
하얀 꽃 핀 칙칙한 등판 들썩거린다
점점 가슴 파인 옷 입는 계절
착한 일 하는 눈치 백단 꽃잎
눈치 없는 사람들
뭐가 잘못 떨어진 줄 알고
손으로 툭툭 털어낸다
세모눈으로 답례, 눈치 빵점!
눈치챈 하얀 꽃송이
어느새 내려와 다소곳이 앉아 수놓는다
예쁜 짓 알아서 하는 눈치꾼
감사의 계절 오월 무슨 선물 할까
칭찬에 이팝나무 설렁설렁 춤추며
살랑살랑 하얀 꽃잎 날린다
칙칙한 등판 기둥 삼아 하얀 꽃송이
일 년 내내 살고 싶다고 수화로 말한다

수호천사

오래된 전철역 이동 수단 불편하다
올라갈 계단 올려다보니 까마득하다
자신 없어 한 발짝 물러서
머뭇거리다 첫 계단 밟는 순간
누군가 부르는 소리에 두리번댄다
계단 맨 위에서
웬 사람이 웃으며 손짓한다
독감으로 누워있던 어리벙벙한 눈동자
보고 또 본다
트레이드마크 흰머리 안성 친구다
급히 내려오더니 내 가방 뺏는다
날 마중 나왔단다
내 가방 자기 등에 메고 내 손 잡는다
세상에 이럴 수가?
생각지 않은 수호천사의 마중
소리 없는 눈물 앞을 가린다
다도茶道 가는 길
겹겹으로 우정과 행복 나누는 길
두 손 꼭 잡고 도란도란 이야기꽃
발자국마다 한없이 웃음 묻어난다

시간의 공간

가을 햇살이 좋다
얼마 만인가 혼자 산에 오른다
산바람 시원하게 콧등을 휘감는다
콧노래 절로 구름이 웃는다
산 중턱 바윗돌에 걸터앉는다.
앉고 보니 지난날 돌
바윗돌 사이 피어있는
하얀 구절초 그대로다
어제의 색과 같은데
느끼는 마음 어제와 다르다
둘러멘 가방 푼다
잊혔던 옆구리 터진 김밥
입 가장자리가 오물거린다
맛이 없다
눈 속에 숨었던 필름들이
가을 햇살에 끌려 나온다
같은 공간 공기 속 다른 시간이 운다

어둠이 내리면

하루가 저문다
어둠이
베란다 유리 창틀 사이로
어둑어둑 소리 없이 넘어온다
고요가 흐른다
숨어있던 달빛 생기 돌아
어둠침침한 거리 밝힌다
어둠이 내리면
나, 갈 곳을 헤맨다
어슴푸레한 거리
더듬더듬
감각으로 갈 곳 더듬는다
어둠을 기다렸다는 듯 귀뚜라미
잔잔한 울림으로 위로한다
초가을 느끼는 작은 행복이다

시월의 마지막 밤

구름 속 가려진 보름달 애달다
시월의 마지막 밤
어둠 속 고요가
라디오 볼륨 낮추어 분위기 잡는다
잔잔한 음악 흐르고
간간이 노래도 들려준다
가을밤이 자박자박 익어간다
보이차 우린다
기다림이 필요하다
차 한 모금으로 온몸이 따스하다
시 쓰기를 한다
풍류 시인 김 삿갓 술로 풍류 즐기고
나는 차로 풍류 즐긴다
술과 차
인생을 마시는 것은 같지 않은가?
여보게, 김 삿갓!
보름달 아래 시 한 수 지어 읊어나 보세

봄을 맞는다

따스한 봄볕이
겨우내 얼었던 앞마당으로 스리슬쩍 내려앉는다
언 흙덩이 기지개 켜며 숨을 고른다
여린 연둣빛 치맛자락 끝으로 봄이 슬슬 묻어 나온다
불시에 눈이 환하다
엉겁결에 짝짝이 슬리퍼 끌고 봄 마중 나선다
기다렸단 듯 마른 나뭇가지로
매화 꽃봉오리 삐죽삐죽 고개를 내민다
하얗게 파랗게 빨갛게
코끝으로 봄을 맞는다
코끝이 하얗다
코끝이 파랗다
코끝이 빨갛다
콧등 위로 앉은 변색의 명수 카멜레온
따스한 봄볕을 쏘이고
봄을 맞는다
꽃바람에 연둣빛 치맛자락 나풀거리고

새벽의 소리

어슬어슬한 새벽이 밝아온다
창문 넘어
수탉 홰치는 소리 카랑카랑
독특한 음색
귓속을 휘감아
아슴아슴 잠 깨운다
기지개 켜며
마리아 칼라스 소프라노 음색으로 화답한다
새벽의 소리, 아침햇살 쨍!
비발디 사계 겨울 중
느린 2악장 겨울 속의 따뜻한 난로가 흐른다
매화나무 옹이 속 웅크린
겨울잠 자던 개구리 팔짝 뛰어나온다
아휴, 추워!
아직 봄이 아닌가?
빠른 3악장 몰아친다, 겨울바람 쌩

봄을 캔다

산자락에 내려앉은 봄 햇살 눈부시다
선글라스 낀 눈 속으로 초록이 모여든다
양지바른 곳에 터를 잡은 앉은뱅이 쑥
쑥의 소리 쑥덕쑥덕 우리를 부른다
쑥 향기에 코끝이 씰룩씰룩
통 넓은 바지 속으로 솔솔바람이 솔솔
바람 타고 날아온 노랑나비
봄나물 캐는 손등에 살짝 앉는다
달래 냉이 씀바귀 검불 속 수줍게 숨어있다
찾는 재미 쏠쏠
뚝배기 된장 끓는 냄새 구수하다
보리밥 달래 냉이 씀바귀 넣고 쓱쓱
(쿵더쿵쿵더쿵 디딜방아를 찧을까?)
찹쌀 쑥버무리 쑥덕쑥덕 입가에 찰싹 봄이 앉는다

수다스러운 어느 봄날에

봄 햇살이 풋풋하다
잔디 덤불 사이로 다소곳이 얼굴 내민 제비꽃
보랏빛 덧니 내놓고 웃는다
동그랗게 웃는 노란 민들레
웃음꽃 피는 아침 수다스럽다

친구와의 만남 봄 햇살이 반긴다
움켜쥔 주먹 사이로
실바람 비집고 들어와 숟가락 쥐어준다
정오를 먹는다
정을 나누는 자리의 수다 배부르다

친구 가방 지퍼 사이로
수필집 출간 소식 축하, 축하!
잉크 향이 싱그럽다
허브차 앞에 놓고 찰깍찰깍
기쁨을 나누는 하오의 수다 봄날은 간다

김장김치

가을 끝자락 잡아 김장 준비한다
연일 쌀쌀한 바람 분다
밭이랑마다 소담스럽게 속이 꽉 찬 배추
주부의 손길 기다린다
이집 저집 김치 양념 버무리는 젓갈 냄새
코를 자극한다
어느 날 김치를 담가야 하나 생각 중
택배 상자가 날아왔다
안성 친구가 보냈다
뜯어보니 김장 김치
양념 밴 배추포기들이 빨갛게 웃는다
바라보는 하얀 이가 웃는다
갑자기 손이 수선스럽다
손으로 김치를 쭉 찢어 게걸스럽게 먹는다
입 언저리가 벌겋다
사 먹는 김치와 맛이 사뭇 다르다
친구의 정성이 하늘에 닿았다
김치 버무린 친구의 두 손이 붉은 해보다 더 붉다

제2부

별은 그리움이다

비는 여전히 내리지 않는다
무심한 하늘
혹시 토라진 것은 아닌지
괜스레 하늘 쳐다보고 중얼중얼
오기 싫은 당신처럼

오기 싫은 비

며칠째 하늘만 흐리고
내린다는 비 내리지 않는다
맞지 않는 일기예보
연일 빈 우산
짐스레 들고 다닌다
오기 싫은 비
언제까지 기다려야 될까
모내기 기다리는
논바닥이 하소연한다
우산 꼭지로 흐린 하늘 찔러본다
금방이라도 비 올 듯
바람이 심술부린다
비는 여전히 내리지 않는다
무심한 하늘
혹시 토라진 것은 아닌지
괜스레 하늘 쳐다보고 중얼중얼
오기 싫은 당신처럼

수평선을 훔친 햇살

바람이 설레인다
바다의 푸름에 반한다
엎치락뒤치락 파도가 뒹군다
하얀 파도가 일어난다
갈매기 소리 애처롭다
수평선을 훔친 햇살
파도가 반짝인다
햇살을 훔친 여자
수평선 너머에 숨은
낯선 남자의 심장을 본다
심쿵한 눈빛으로 낚아챈다
사랑이여! 사랑이여!
오, 솔레미오!

햇살

눈부신
햇살이 당신이었네요
예전에는 몰랐어요

미소 머금은 얼굴
커다란 코
금테 두른 안경
가지런한 하얀 치아
당신의 하얀 머릿결
햇살 앞에 서니
당신의 모든 것 보이네요
발가벗은 몸매까지도
예전에는 몰랐어요

오늘 아침도
햇살이 빈 의자에 내려앉네요
반짝이는 눈빛이 있네요

꿈속

간밤 꿈속에서 귀신에 홀린 듯
잠깐 보았지요
오매불망悟寐不忘 그리운 당신
그것도 십삼 년 만에
무엇이 그리 급한지
온 몸 다 보여주지도 않고
상반신만 보여주고 숨으셨나요
술래잡기하자고요?
누가 쫓아오기라도…
혹시 딴살림이라도 차리셨나요?
이야기는 고사하고
눈 맞춤 순간도
손잡을 틈도 없이 가버린 당신
꿈속일지라도 좋아요
다시 만나고 싶네요
머리가 빙빙 귓속은 윙윙
걸음걸이는 비실비실
온종일 구름 속 헤매요

밤꽃이 필 때면

산들바람 긴 머리카락 간지럽힌다
너럭바위 돌바닥 흐르는 물줄기
소곤소곤 서로의 안부 묻는다
계곡 따라 밤꽃이 탐스럽게 피었다
꽃잎 산들바람 타고 머리 위로 떨어져 향내 풍긴다
사람들 이러쿵저러쿵
불현듯 보고 싶은 얼굴 물결 위로 떠오른다
바라보며 안부 묻는다
대답 없는 사람, 밉다
일렁이는 흔적조차 물거품 되어 사라지는
내가 헛것을 보았나?
그 자리 밤꽃이 우수수 떨어진다
마음속 잔잔한 잔물결 인다
그리고 고요가 흐른다
바람에 흔들리는 밤꽃이 손 흔든다. 야속하다

라일락 향기

새털구름 사이로 숨어있는 지나간 4월을 훔쳐본다
라일락 향 풍기는 환한 바깥세상
콧속으로 달려드는 향기
콧잔등에 걸려 재채기한다
툭 튀어나온
추억의 결혼식 장면이 웃음을 자아낸다
검은 예복 앞자락 덜덜덜 떨고 있는 새 신랑
곁눈질로 그 모습 바라보는 하얀 드레스
터지는 웃음 잇몸 속으로 밀어 넣는다
영문 모른 주례 선생님 주례사 이어지고
하객들은 축하의 국수를 먹는다
라일락 향기 속에 묻힌
그때의 장면들이 스멀스멀 올라온다
함께 보낸 날들 그립다
그 사람이 보고 싶다
꽃바람 손 내밀어 사월의 왈츠를 춘다
머리에 얹은 라일락 화관 보랏빛 청춘이 넘실거린다

졸음

밤새 무얼 했는지
아침부터 버스 안에서 졸고 있다
정거장 지나칠까 봐서
실눈을 떴다 감았다
눈조리개 너머로 푸른 초목들 인사한다
푸른 초목들 위로 푸석한 눈꺼풀 내려앉는다
푸른 졸음 속에서 손짓하는 사람 있다
정거장 지나칠까 봐
정신 차리라고 알려 주려는 듯
혹시, 저세상 간 남편이 아닐까?
행여 한 번이라도 더 보려고 온 건지
한 번 더 보려고 졸고 있는 것은 아닌지

밤을 걷는 시인

아스라이 멀어져간
별을 만나려고 밤을 걷습니다
별 중에 나를 보는 별이 있습니다
보고 싶은 마음만으로 닿을 수 없는 거리
술 한 잔 나누고 싶습니다
옛날에 그랬던 것처럼
옛날과 어깨를 맞대며
포장마차 긴 나무 의자에 앉아
술잔을 부딪치고 싶습니다
눈앞에 술잔이 찰랑찰랑합니다

살 속을 헤집습니다
찬 밤바람이
축 늘어진 어깨를 다독여
나약함을 어둠 속에 묻습니다
나직한 혼잣말이 찬바람을 타고
마른 나뭇가지에 매달린 이파리로 앉습니다
별 하나에 마음을 빼앗긴 시인
오늘 약속은 없지만
시인은 별을 만나려 밤을 걷습니다
정월 대보름달이 둥그렇습니다

안산역에서의 단상

어둠이 내리는 안산역
그림자 하나
어둠 속에서 어슬렁거린다
희미한 눈동자
간 곳 몰라 더듬더듬
눈에 보이지 않는 그림자
찾을 길 없고
가끔 기적 소리만
어둠에 걸터앉아 멍하니 하늘 본다
구름에 가려진 그믐달
누구를 위해 떠 있는가
누가 오기로 한 것인가?
빈 바람이 눈가를 스친다
눈가장자리에 눈물방울이

불빛

칠흑의 어두운 밤
졸음이 속눈썹 아래로 스르르 내려앉는다
눈이 게슴츠레하다
창밖 어둠 속
점점點點으로 이어진 불빛 눈이 멈춘다
까만 하늘엔
많은 별이 하얀 눈을 뜨고 있다
오른쪽 눈으로 별똥별 하나 떨어진다
점점 밝아지는 눈빛
깜깜한 남양천 가로등 불빛아래
바람과 팔짱 끼고 서있는
그림자가 있다
혹시, 당신이 저세상에서 마실 나왔나?

별은 그리움이다

벌건 대낮
별을 보러 하늘공원 찾는다
반짝이는 별 중 유독 빛나는 별 있다
고유번호 이름표 달고 있다
별 앞 소주 한 잔 따른다
그리움으로 뭉쳐진
수제 견과류 안주로 내놓는다
별 바라보는 눈동자 그리움 가득 차 있다
따른 자가 홀짝홀짝
머리가 핑 돈다
그리움이 돈다
별도 돈다
채송화꽃이 노랗다
노랑나비 한 마리 팔랑팔랑
벌건 해가 호통친다
벌건 대낮에 웬 별을 찾느냐?

고목

옹이 박힌 그루터기 잘리어
하늘이 뻥 뚫렸다
그늘 없는 나무 아래에서
쇠약한 노인들이 지척지척 왔다 갔다
아무런 표정 없는 얼굴

아이들이 보이지 않는다
놀이터가 없다
그네도 없다
아이들 웃음소리 바람결에 들리는 듯
보청기 낀 귀 기울여 보지만
되돌아 들려오는 빈 바람 소리
귀가 먹먹하다

땡볕에 드러난 노인들
퀭한 눈동자 끔벅끔벅
주름진 입술이 바짝바짝 마른다
고목이 거느린 검푸른 그늘이 그립다
푸른 이파리 같은 아이들 웃음소리가 그립다

철제 의자

오늘은 당신의 그림자가 주인입니다
왠지 모를 시간 속에 하루하루가 갑니다
점점 이별의 시간이 밀물처럼 밀려들어 옵니다
앉았던 자리를 비워 달라고 재촉합니다
수많은 추억이 담긴 당신과 나의 철제의자
둥그런 원탁 위에는
우리의 사랑처럼 따끈한 커피가 보이네요,
커다란 웃음과 풍성한 말들이 오가고
눈 찡긋하는 애정 표시도 있었지요
때론 얼굴 붉히며 언성을 높일 때도 있었고요
지나간 모든 것을 지워야 하는 때가 되었네요
설령, 의자가 비어있더라도 앉으시면 안 됩니다
왜냐하면요
작은 집으로 옮겨야 하므로
우리의 철제 의자가 놓일 자리가 없어서요
내일을 같이할 수 없지만
함께했던 시간은 영원하겠지요?

누구신교

검푸른 파도가 밀려온다
하얀 포말이 인다
지아비의 고향바다
여전히 그 자리에서 반긴다
왜, 혼자 왔나 묻지도 않는다
눈치 백단이다
검은 뿔테 안경너머 가려진 세월의 흔적
등 뒤로 백팩 짊어지고
크로스백 걸쳐 메고
한껏 멋 부린 도시 아낙 할매 되어
어기적거리는 모습으로 나타난다
곳곳에서 만나는 반가운 얼굴
안녕하세요?
누구신교?
빤히 얼굴 쳐다보며 되묻는다
저 저 저…
머뭇거리며 남편의 이름 말한다
그제야 두 손 끌어다 야단법석이다
와, 얼굴이 이리됐나?
그 컸던 눈망울 어디 갔나? 또 묻는다

할 말이 없다 그저 웃기만 할 뿐
세월의 흔적 피할 수는 없었을까
너무 오랜만에 찾아간 탓일까
검푸른 파도가 밀려온다
출렁대는 바다만 누구신고?
묻지도 따지지도 않고 철썩거린다

뻐꾸기 주소

거실 벽에 걸린 나무집
조그마한 창문 열린다
새 한 마리 툭 튀어나와
뻐꾹뻐꾹 뻐꾹 정시를 알린다
하루 스물네 번
들려주던 소리
삼십 년 전 남편 지인이 선물한
입주 기념 뻐꾸기시계
새 아파트로 이사
오래된 물건
뻐꾸기시계 버렸다
어디로 갔을까
흔적도 소리도 없는
갈 곳 잃은 뻐꾸기
드론 타고 훨훨
왕방울 눈 굴리며
사라진 옛 주인 찾고 있으려나?
어느 밤하늘에서

단풍이 추억을 버린다

뒤뜰 단풍나무
바람의 회초리로 매를 맞는다
나무초리 끝에 매달린
메마른 추억을 버린다
단풍잎 꼬리
하얀 고독이 밀물처럼 밀려온다
단풍나무 책장에 얹힌
웃고 있는 빛바랜 사진
책갈피 속에 끼인
누렇게 좀이 슬은 손 편지 한 통
비밀의 추억을 버린다
단풍잎 하나, 둘, 셋…
작은 사랑, 큰 그리움
살아온 형형색색의 작은 삶의 무늬들
어제를 버린다
푸른 하늘을 열기 위하여

제3부

오월에 눈꽃 핀다

부처님 전 백팔 배 올린다

울컥 눈물이 솟는다

언제 또 올지 몰라서일까

내려오면서 자꾸 되돌아본다

흐르는 눈물 섞여 빗방울 굵어진다

손가락이 춥다

가는 눈발이 엉클어진 머리 위로 내려앉는다
잠시 머물다 흔적 없이 사라진다
눈바람 눈발을 흩날리고 눈썹을 휘날리고
겨울이 왔음이다
소설小雪 지나 대설大雪 돌아오니
손가락이 춥다고 시위한다
시리다 못해 저리다
코트 주머니에 손을 넣어 봐도
털장갑을 끼어 봐도 시리기는 마찬가지
다섯 손가락 가운데
약손가락 새끼손가락이 더 춥다고 온몸을 꼬드긴다
(얼은 물속에 들어가 앉을까)
얼은 손가락 얼은 몸뚱이 찬물에 둥둥 떠 있게
찬 추위에는 더 찬 것으로 치료되지 않을까?

봄이 구른다

봄이 오는 길목
산들바람 산들산들 잠자는 겨울 깨운다
아이들 봄 찾으러 살금살금 모이고
땅위로 스멀스멀 올라오는 봄의 기운
아직은 메마른 누런 잔디 위에서
아이들 데굴데굴 구르며 온 몸으로 봄을 재촉한다
어서 빨리 파란 옷 갈아입으라고
왼쪽으로 구르고 또 다시 오른쪽으로 구른다
파란 웃음도 따라 구른다
바라보던 엄마 눈꼬리 올라가고
메마른 누런 입술이 씰룩씰룩
그만 해, 그만 해!
무심히 지나가는 산들바람 화들짝 놀란다
오던 봄이 놀라 멈춰선다.
그럴수록 아이들 옷 누런 검불 범벅
(고슴도치 따로 없다)
바라보는 엄마들 그래도 내 새끼가 제일 예쁘다
아이들 구르는 모습에 마음 급해진 봄이 따라 구른다

빗물이 눈물 되어

비 내리는 날
장마가 시작되려나
잦은 비 소식
더위 속 시원함 살갗을 스친다
마음은 털끝처럼 가볍고
빗물에 쓸쓸함 동행하여 무겁다
바람에 일렁이는 그리움
나뭇잎 사이사이로 서성인다
재잘대던 한 쌍의 까치
눈치 백단
반가운 소식 없는 듯
입 오므리고 눈만 끔벅끔벅
거미줄에 매달린 빗방울
눈썹으로 떨어져 눈물 되어 흐른다
때마침 울리는 벨소리 누구일까?

위안을 주는 새벽달

어두운 새벽하늘
붉은빛이 스며들기 시작하자
주위가 희미하게 드러나고 있다
아직도 아슴푸레하게 떠있는 새벽달
신비롭고 경이로움
눈조리개 안으로 들어온다
어, 어머, 어머나
수선스럽게 소리 지르며
핸드폰 꺼내 재빠르게 찰칵찰칵
왠지 좋은 일 있을 것 같은 징조 보인다
혹시, 병원 검사 결과가 좋게 나오려나?
새벽길 나선 마음이 급해진다
오지 않는 버스 기다리는 발바닥 동동거린다
장갑 낀 손가락 꼼지락꼼지락
허둥대지 말고 마음 편히 가지라
어깨 다독여주며 위안을 주는 새벽달이여

오월에 눈꽃 핀다

수변공원 아침 산책길
요한슈트라우스 봄의 왈츠 흐른다
발걸음 가볍게 스텝 밟는다
빛바랜 갈대 옅은 꽃바람에 얇은 앓는 소리
강물은 넓은 가슴으로 소리 품고 흐른다
길 가 한쪽으로 늘어선 이팝나무 가로수
초록 잎사귀마다 하얀 눈꽃 소복소복 쌓인다
다이아몬드 왕관 쓴 여왕
영원한 사랑 약속했던 것일까
흰 모자 덮어쓴 흰머리 속으로 숨는다
오월의 푸른 기 받아서일까
주름진 이마 쪼글쪼글한 입 언저리가 웃는다
눈꽃 사이 누비는 벌들 봄의 왈츠 춘다
산책하는 얼굴 꽃향기 가득하다
꽃바람 꽃잎 날린다
햇살에 눈꽃 녹는다
내 가슴은 오월로 가득하다

송화다식松花茶食

이른 아침 소나무 숲길 걷는다
참새 부부 팔짱끼고 잰걸음으로 뒤따라온다
산들산들 산들바람 타고
소나무 노란 꽃가루 사방에서 날린다
외면하는 얼굴 끈질기게 달라붙는다
두 손으로 털어내자
어느 틈 머리 위로 똬리 튼다
머리카락 솔잎인 줄 알고
어물쩍 노란 꽃대 세운다
뽑아도 뽑히지 않는 친화력 과시한다
인간과 자연이 공존한다
송홧가루 열어 둔 창문 사이로
시도 때도 없이 넘나든다
아예 거실 한쪽 자리 잡고 앉아
넉살좋게 텔레비전 방송 같이 본다
꽃가루 시사 문제로 논하기도
옆집 아들 결혼 소식도 전한다

날아든 송홧가루 알뜰살뜰 모아
잔칫상 오를 송화다식松花茶食 만들어 볼까?

사라진 사리 포구

짠물에서 펄펄 뛰던 새우
육지가 그리워 통통배에 몸 실었다
생새우 사러 나온 사람들 와글와글
포구가 왁자지껄
반기는 눈빛 생생하다
시끌벅적했던 사리 포구
서풍에 실려 흔적 없이 사라지고

소금기와 함께
뻘 속으로 파묻힌 통통배 조각
뻘 밑 벚나무로 뿌리내려
당당하게 꽃 피운다
벚꽃이 만발 웃음꽃 활짝
아이들이 뛰어논다
짜내 나는 꽃잎 서풍에 휘날린다

펄펄 뛰던 새우가 묻는다
내 살 땅 어디?
벚꽃아, 벚꽃아. 말 좀 해봐

연기

무슨 인연인지
지역난방 열 병합발전소가 눈에 보인다
커다랗고 높은 굴뚝 하얗다
푸른 하늘과 맞닿아
하얀 연기 뭉게뭉게 피어오른다
푸른 하늘 하얀 연기 재빠르게 빨아올린다
밋밋했던 하늘
흰 구름 두둥실 떠오른다
구름인가, 연기인가?
하늘 자리 연연하지 않고
생겨났다 없어지는 변화무상한 연기
불교에서 말하는 *연기緣起가 떠오른다
굴뚝이 있으므로 연기가 있고
연기가 생기므로 구름이 생긴다
굴뚝이 없으면 연기도 없고
연기가 사라지면 구름도 사라진다
굴뚝에서 나오는 연기
여러 가지 인연因緣에 의해
생겨나고 없어지는 생멸生滅의 연기緣起인가

* 此有故彼有(차유고피유)

　此生故彼生(차생고피생)

　此無故彼無(차무고피무)

　此滅故彼滅(차멸고피멸)

* 〈잡아함경〉 중에서

녹차 향 머금은 연등燃燈

푸르른 사월 부처님오신 날 헌다獻茶를 한다
햇살에 매달린 색색의 연등
꺼지지 않는 영원한 마음의 불씨 담겨있다
다관 안 여린 찻잎 넣는다
마음도 넣는다
따스한 물 붓는다
(물먹은 여린 찻잎 꼼지락꼼지락)
우려진 녹차 찻잔에 따르니
녹차 향 절 마당을 휘감는다
연풍이 솔솔
매달린 연등 움직움직 움직임 예사롭지 않다
혜안의 눈빛으로 바라보는 눈
연등의 무딘 코 구물구물 차향 맡는다
녹차 마시는 입 언저리 푸르스름하다
온몸으로 녹차 향 머금은 연등
모습 없는 지혜와 자비가 넘쳐 흘러내린다

비 내리는 날의 용문사

비가 추적추적 내린다
백 팩 둘러메고 양평 용문사 찾는다
비 내리는 산사의 풍광 싱그럽다
양옆으로 늘어선 고목 나뭇가지들
서로 깍짓손 하듯 하늘 가리고 있다
푸르르다 못해 시푸르다
계곡 따라 흐르는 물소리 경쾌하다
천 년 묵은 은행나무가 반긴다
안을 수가 없다 철책 난간 둘러싸여 있다
대웅전 처마 끝에 매달린 풍경 청량하다
남실바람에 찰랑거리는 소리
대웅전 올라가는 돌계단
빗물에 미끄럽다 중심 잡기 힘들다
부처님 전 백팔 배 올린다
울컥 눈물이 솟는다
언제 또 올지 몰라서일까
내려오면서 자꾸 되돌아본다
흐르는 눈물 섞여 빗방울 굵어진다

구룡사의 돌계단

붙잡을 곳 없는 바람을 잡는다
난간 없는 돌계단
한 계단 한 계단 오른다
염화미소 띤 햇살
가부좌 틀고 돌계단에 앉아있다
긴 손톱으로 엉금엉금
주위를 두리번두리번
아홉 마리 용은 보이지 않는다
뒤따라오는 그림자
등 떠민다, 어서 가자 어서 가자
다리가 후들후들
온몸이 휘청휘청
돌 틈바귀 숨어 있던
용의 웃음소리 들린다
남세스럽다
햇살이 본다, 사람들이 본다
벌어진 돌계단 사이로 숨자 숨어

복날의 수박

여름 볕이 따갑다 복날이다
동네 마트 앞
산더미로 쌓여있는 수박
손끝이라도 닿으면 쏟아질 것 같다
둘레 노란 금줄 걸쳐있다
빨간 고추 검은 숯은 달려 있지 않다
더위잡는 아기 귀신이라도 낳는 걸까?

대문짝만한 선풍기
노지 바람 끌어다 에어컨 바람 만들고 있다
수박이 목에 힘주고 온몸에 힘준다
땀방울이 송알송알 맺혀있다
둥글둥글 생긴 몸통
삼각형 구멍으로 뻘건 속살이 보인다
드디어 더위잡는 빨간 아이가 나오나보다

송산대로

아스팔트 위로 차들이 달린다
밀물 썰물 바닷물 드나들고
살아 꿈틀대던 갯벌
현대화 물결 아래
자연의 폐허
파헤쳐진 자연의 산물들
인공으로 포장된
육차선 도로 아래로 숨었다
수줍어 갯벌 속에서 사랑 나누던
낙지 주꾸미 세발낙지
뻐끔뻐끔 갯벌 밖으로 입 벌리던
맛조개 바지락 꼬막
제 땅인 양 갯벌 바닥
마음껏 기어다니던 참게 방게
모두 어디로 꼭꼭 숨었을까?
하늘과 땅 바람은 알고 있겠지
화성시 송산대로 위로
달리는 자동차 행렬
귀를 잡고 늘어지는 바람, 바람 소리

구봉도의 밤

수평선 넘어 낙조 서럽도록 아름답다
눈썹 위로 뜬 초승달
희미하게 밤바다 밝힌다
바닷물 숨 고르고
구봉도의 하루가 어둑어둑 저문다
검은머리갈매기 하루의 피로 씻고

목구멍에 걸린 노래 튀어나와
여름밤 손끝으로 튕긴다
탬버린 소리 배꼽이 춤춘다
불쑥 문틈으로 들어온 저어새
어느새 마이크 잡고 음정 고른다
떼창 소리에 구봉도의 밤이 무르익는다

떨림과 울림

둥 둥 둥
어둠 속에서 울리는 법고 소리
순간 잔잔한 떨림이
'한마음 희망 음악회' 시작 알린다
스포트라이트 받으며
서서히 드러나는 가사 장삼 수하신 스님의 모습
장내가 숙연하다
소리 없는 탄성이 입안에서 맴돌고
경이로움마저 느낀다
가을의 끝자락에서
스님들과 불자들이 함께한 음악회
마음 가득 다가오는 선법가의 울림
속눈썹이 떨린다
고요가 다가온다
이윽고 잔잔한 호수

줄 타는 바우덕이

갑진년 정월 시골 장터마당
남사당패 줄타기 공연
오름 줄 타고 올라온 어름사니
머리채 뒤로 묶은
정3품 조선의 아이돌 바우덕이
K-pop 소녀시대로 다시 태어나
작 수목 사이 외줄에 선다
줄 위 땅위 걷듯
다양한 줄타기 묘기
버선발로 사뿐사뿐
익살스러운 이야기와 소리
손에 쥔 부채 접었다 폈다
떨어질까, 구경꾼 마음 조마조마
벌어진 입 다물지 못하고
바라보는 눈망울
보름달보다 크다
구경꾼과 어우러진 흥겨운 놀이마당
대보름 맞아 한바탕 놀아보세! 얼쑤!

제4부

산책길

까르르 깔깔 웃음꽃 만발
창밖으로 새어나온
햇살 같은 아이들 웃음소리
빗소리로 눅눅해진 하루를 말린다

오월의 아침

버스 정거장 건너편 나지막한 야산
산허리에 걸터앉은 새벽안개
아침햇살 등살에 떠밀려 산등성 넘는다
안개 걷히자 드러난 아카시아꽃
산자락 여기저기 하얗게 오밀조밀 피었다
이슬 머금은 꽃대롱 함초롬하다
달큼한 향내 품어낸다
대롱대롱 매달린 꽃주머니 속으로
꿀벌들 드나들며 벌꿀 뚝 뚝
옅은 바람에 방향 잃은 일벌 한 마리
무딘 콧속으로 들어와 윙윙
간질간질 재채기 한바탕
산책 나온 개미 부부 놀라 부둥켜안는다
산 너머 들려오는 뻐꾹뻐꾹
행여 날, 부르는 소리일까?
풀밭에서 여유롭게 플라멩고 추는 한 쌍의 까치
혹시나 좋은 소식 오려나?

가을을 먹다

집 나갔던 며느리가 돌아온다는
가을 전어 한 접시
가을을 알린다
아들의 큰손에 들리어
단풍나무 식탁으로 올라온다
게슴츠레한 동공
갑자기 눈빛이 초롱초롱해진다
가을 전어와 함께
상쾌한 가을인 상추爽秋를
물기 묻은 적상추 싸서 곱씹는다
가을을 먹는다
막걸리 한잔 걸치니
바로 이 맛이야! 이 맛!

바람

저문 빛 내려앉는 초저녁
하루를 탈탈거리며
바람이 마무리한다
선풍기 날개 시운전 들어간다
사각형 거실에서
동서남북 사방으로 돌고 있다
모터 등에 업고
행여, 어부바 등판에서 떨어질까 봐
날밤 지새우고 잠 못 이룬다
돌아가는 모터 소리
모기는 놀라 도망가고
엄마 자장가 대신
아가는 투정도 없이
자장가 장단에 쿨쿨
밤하늘에 떠 있는 달무리
숨죽여 구름 속 몸 숨긴다
후덥지근한 날씨
선풍기 모터 소리에
서서히 새벽이 밝아온다

산책길

아침 산책길 후덥지근한 바람 분다
피부에 와 닿는 끈적거리는 바람
어제와 다르게 후줄근하다
새잎 나온 떡갈나무 당당하다
연둣빛 잎사귀 바람에 사부작사부작
떡갈나무 어제보다 자란 듯 뒷덜미가 땡긴다

나무들 사이 야트막한 돌무더기 눈에 보인다
크고 작은 돌들 탄탄히 쌓여있다
참새 한 마리 돌 위 앉아 두리번두리번
안내판에 적혀있다
(비가 많이 오면 야생동물들 돌 위로 올라가 몸 피하라고)
그래, 사람도 동물도 함께 살아야지?
절로 고개가 *끄덕끄덕*

느긋이 걷다가 나무 의자에 앉는다
보도블록 틈새로 낯선 잡초가 고개 내민다
와, 끈질긴 생명력!
졸던 개망초 배시시 웃는다
돌무더기 사이에서 개미들 줄줄이 탈출
비가 오려나?

생일 선물

연일 계속되는 무더위
숨구멍마다 송골송골 솟아오르는 땀방울
살 끝으로 묻어나는 땀 내음

난데없는 치즈 냄새 들창코가 벌름벌름
벌름거리는 콧등에 동생이 심통 맞게 얹혀있다
어쩌다 깜박 잊고 있던 동생의 생일
하마터면 지나갈 뻔
생일 선물로 동생이 좋아하는
치즈 케이크 바람에 날려 보낸다

생일 축하, 전화 누른다
들려오는 동생 목소리 호들갑스럽다
호들갑 목소리 귓전에 얹힌다

소원했던 사이가
자그마한 치즈 케이크 하나에
여름날 치즈 녹듯이 사르르 녹는다
내 얼굴에 미소가 얹힌다, 치즈 케이크처럼
내일은 거기 해가 얹히겠지?

사월의 첫날

어슴푸레한 새벽
밤새 다리 아래 비추던 조명등
밝아오는 새날에 밀리어 사라진다
사월의 첫날 산뜻하다
노란 산수유 봄 알리고
바라보는 눈동자 파릇파릇하다
몸 줄기 따라 봄기운 스멀스멀
나뭇가지 새순 삐죽삐죽 솟는다
겨우내 숨었던 씨앗
올망졸망 땅 위로 얼굴 내민다
코끝 스치는 바람 상큼하다
노란 병아리 엄마 따라
이른 아침 봄나들이 나왔다
개울 따라 핀 개나리 방긋방긋
하얀 목련 봉우리
입 쩍쩍 벌려 사월의 노래 부르고

태풍

땡볕에 늘어진 문짝
여름날 게으름 널브러져 있다
비틀어진 창문 사이로
모기 한 쌍 제집인 양 여유롭게
웽웽대며 여름 즐기고 있다
갑자기 몰아친 태풍
휘몰아치는 바람 소리에 놀라
덜커덩덜커덩
몸 추스르기 혼쭐
엉겁결에 맞추어진 문짝
휴 휴
안도의 숨 내쉬는 순간
쓸리어 갈까 봐 숨어있던 모기 한 마리
볼때기 속공으로 원, 투, 쓰리…

글자가 시를 쓴다

시를 쓰기 위해 글자를 따라갔다. 나를 따라 글자가 왔다. 글자가 나의 가슴으로 들어올 때, 그 글자가 나의 손 있는 데를 움켜잡았다.

오늘은 책상의 폭신한 의자에 앉아 나의 가슴으로 따라 들어온 글자를 시 쓰기로 보낸다. 글자의 살인 무기는 잘못 쓰인 글자를 하나하나 손을 대는 데에 있다. 나는 시를 쓰는데 모든 글자를 다 알고 있는 걸로 생각했다. 그러나 이제 이런 상투적인 생각은 하지 않는다.

시 쓰기를 하기 전, 글자를 처음 배우던 초등학교 시절, 닳아버린 몽땅 연필심에 침을 묻혀 공책에 꾹꾹 눌러 쓰던 글자들. 이제는 시 쓰기를 몽당연필 대신 무딘 손가락으로 컴퓨터 자판을 톡톡 두들기면 글자로 컴퓨터 화면으로 나타난다. 톡 하고 누르면 글자로 인쇄되어 시가 나온다.

까치발

엄마 심부름 가는 길
공터에
많은 사람이 모여 웅성웅성
무슨 일일까
가던 길 멈추고
사람들 사이에 끼어보지만
키가 작아 잘 보이지 않아요
까치발 들고
이리저리
고개를 쭉 빼 보지만
보일락 말락
이럴 때는
한 뼘만 빨리 키가 커졌으면…

헤엄치기

풀숲 개울가 아이들 웃음소리 하늘을 찌른다
웃음소리에 가던 길 멈추고
고개를 빼어 나뭇잎 사이로 본다
동네 아이들 입던 옷 그대로 물놀이 한창
헤엄치는 아이들 천하를 얻은 듯
물장구치며 소리 지르고
맑은 물 따라 노는 모습 자유분방하다

어릴 적 생각이 스쳐간다
여름방학 때 이모네 동네에서
이종사촌 동생들과 그곳 아이들하고
저수지에서 벌거벗고 헤엄치던 일
그때는 부끄러운 줄도 몰랐지?
수영복은 꿈도 못 꾸고
홀딱 다 내놓고 뛰어놀던 시절이

장마가 걷히니 불볕더위의 연속
여름 휴가철이라고
별난 사람들 호캉스니 바캉스니
호텔로 바다로 해외로 여름휴가 떠난다

공항이 벅적거린다
바다가 숨쉬기 버겁다
어디, 벌거벗고 헤엄칠 곳 없을까?

빗소리

하루를 적시는 빗소리
나팔꽃 줄기 타고 오르려다
창틀 사이 거미줄
콩나물 음표에 걸린다

유리창 넘어 어린이집
빗소리 장단 맞추어
색색의 고무줄놀이
작은 발들이
술술 감기고 술술 풀린다

까르르 깔깔 웃음꽃 만발
창밖으로 새어나온
햇살 같은 아이들 웃음소리
빗소리로 눅눅해진 하루를 말린다

비 오는 날 맹꽁이

장대비는 나무젓가락 들고
짜장면 먹는다
보이지 않는 짜장면 냄새
들창코 속으로 스멀스멀
침샘에 군침 고인다
빗줄기 짜장면 면발
먹구름 한술 떠서
나무젓가락으로 비빈다
입언저리 검다
한 사발 꿀꺽꿀꺽
불룩 나온 배 남산만 하고
하늘 콩 짝만
빗소리 장단 맞추어
맹이야, 꽁이야. 요 맹꽁아!

김 서방의 아들

김종훈
중학교 이 학년
김 서방의 아들이다
듬직한 녀석
내 딸의 아들이기도 하다

조그마한 고사리손
어느새 자라 두꺼비 손
어쩔 줄 몰라 하는 어두운 밤길
할머니 손 덥석 잡는다
맞잡은 두 손
팔월 보름달에 환하다

김 서방의 아들 발도 크다
발걸음 저벅저벅 힘차다
모기가 종아리 물려다 놀란다
돌같이 단단해서
어느새 두꺼비 손, 탁!

함께여서 고마워요

집으로 가는 길
어둑어둑해요
별 등이
어두운 길 밝혀주어요

나보다 키가 큰
그림자
보란 듯이
성큼성큼 앞서가요

꽁무니바람 타고
낙엽이
사그락사그락
뒤끝을 따라와요

무서운 마음
함께여서 고마워요
달님이
환하게 웃고 있어요

사이동에 오면

꿈을 키우는 작은 도서관이 있다
크기는 작지만
커다란 꿈을 키울 수 있는
따뜻한 마음이 풍성한 곳
어릴 때 꿈꾸던 꿈
하나씩 하나씩 이루어가는
서가에 꽂힌 책들이 반긴다
책갈피 사이사이에서 지혜를 배우고
읽은 책들을 공유하며 토론한다
너와 나
누구나 드나들 수 있다
어린아이들 재잘재잘 선생님 손잡고 들어온다
낭랑한 동화 구연 목소리에 귀 쫑긋
눈동자 반짝반짝
까르르 까르르 웃음꽃 핀다
가족 같은 분위기
커다란 꿈을 키우는 작은 도서관
이슬이 하늘을 키우듯

발끝에 매달린 봄

봄을 재촉한다
파란 카페트 깔린 축구장
선수 아닌 선수들이 공을 찬다
복장도 다양하다
나이도 천차만별
오직 발끝에 매달린 공에만 눈동자 꽂힌다
(헛발질도 덤으로)
푸른 입들이 까르르 웃는다
상대방 선수 발에 걸려 넘어진다
(넘어진 김에 누워버려)
숨 헐떡헐떡 푸른 하늘 보인다
감독님 내민 노란 카드 벌떡 일어선다
과자봉지 발밑에 있다
눈치 빠른 손 한 움큼 쥐어 입속으로…
바라보는 어른들 웃음보 터진다
구르는 축구공 사이로 봄이 재빨리 따라붙는다

제5부

흰머리 검게 물들이고

애, 어멈아!
꽃은 하얀 꽃이 보기 좋은데
왜, 하얀 머리는 보기 싫을까?
봄이 웃는다, 하얀 틀니가 웃는다
검게 물들인 머리카락 봄바람에 휘날린다

고마운 눈발

밤새도록 눈이 내린다
밤이 따스하다
주위가 온통 새하얗다
마른 나뭇가지마다 눈꽃이 피고
검게 물들인 머리카락 사이로 흰 꽃이 핀다
쌓인 눈들이 바람에 날린다
나는 지팡이에 의지해 뒤뚱뒤뚱 눈길을 밟으며
수술 길에 나선다
오늘따라 억센 아들 손이 부드럽다
여러 가지 뒷일로 바쁜 딸
장모 병원비 장만하랴 쉴 새 없는 사위
할미 손길 참고 기다리는 손자들
식구들 한 곳으로 정성을 쏟는다
온통 새하얗게 눈이 내린다
고마운 자식들 손자들… 눈이 내린다
넘어진 목덜미 신경 타고 눈물이 넘어간다
발가락이 꿈틀거린다
자식들 정성에 어려운 수술
눈길 위로 발목이 벌떡 일어선다
눈이 포근히 내린다, 고마운 눈발!

파죽지세

몸 내부에서 벌어지는
기 싸움
심판 따로 없다
머릿속 승리로 가득하다

벌써 흐려진 눈동자
일어설 힘조차 없는 장딴지
어기적거리는 이상한 걸음걸이
샤넬 향 진동한다

배가 뒤틀린다
창자 속 가득 찬 금은보화
순식간 쏟아진다
아, 아 파죽지세

새처럼 나이가 날아간다
무거운 몸무게에서 벗어나
허공 날고 있는
노쇠한 까투리 한 마리

연어

끝자락에 걸린 여름
휴일은 바람 한 점 없다
검푸른 바다 거슬러
붉어진 연어
개다리소반 위로 올라온다
촉촉하고 부드러운 몸매
(힘자랑 근육은 어디로)
갈라진 혀끝 유혹한다
빨간 초장 초록 여름 섞는다
캔 막걸리 동석한다
아들도 동석한다
혀끝 동그랗다 맛있어서
입 주위 태양처럼 뻘겋다
술 마신 연어
노을 진 바닷속으로 몸을 숨긴다
나, 돌아 그곳으로 가리

봄이 왔을까

새 아침 싣고 마을버스 달린다
몇 안 되는 사람들 사이
비집고 들어온 햇살
온기 가득 버스 안 훈훈하다
밖은 겨울바람 아직은 썰렁하다

파란 신호 기다리는 버스 기사 아저씨
창밖을 보며 혼잣말로 말한다
봄이 왔을까?
입 언저리가 파르스름하다
운전대 잡은 손등 파릇파릇하다

귀를 의심하며 나도 창밖을 바라본다
아직은 남아있는 겨울 끝자락
글쎄, 봄이 왔을까
두 눈 비비고 다시 창밖을 살핀다
머잖아 봄이 오겠지?

운전대 잡은 버스 기사 아저씨
유리창 넘어 봄을 찾는

눈빛이 초롱초롱하다
봄맞이 가볼까
초록빛 운동화 천천히 액셀 밟는다

배냇저고리

갓난아기 벌거숭이로 울고 있네요
한 생명이 태어나는 순간
엄마는 빠른 손놀림으로
솜털도 마르지 않은 아기 몸
피부가 복숭아처럼 예뻐지라고
구석구석 씻겨요
아기는 아직도 울고 있네요
엄마의 얼굴 땀범벅
손수 한 땀 한 땀 만든
배냇저고리 정성 들여 입혀요
강보에 싸인 아기 젖을 물립니다
처음으로 오물오물 엄마젖 빨고 있네요
아기는 힘이 들었나 봐요
싱긋 웃는 배냇짓
쌔근쌔근 잠자고 있네요.
엄마 얼굴 가득 미소지우며
흐뭇하게 바라보고 있어요
태어나서 처음 입는 배냇저고리
엄마는 이 옷 낡아졌어도
소중히 간직했어요

아이가 자라
중학교 입학시험 보러가는 날
아이 품속에 배냇저고리 넣어주네요
시험에 합격하라는 엄마의 염원 담아서

흰머리 검게 물들이고

파인 땅 위 우뚝 선
메마른 나뭇가지 끝에 매달려
긴 긴 추위 이겨낸
철 이른 매화 꽃봉오리
따사한 햇살에 봄을 터트린다.

하얀 머리 보기 싫어 검게 물들이고
구순의 나이 부끄러워 싱긋이 웃는다
얘, 민망스럽다
머리가 검으니까
얼굴은 분 바른 것처럼 뽀얗고

검버섯 핀 쭈글쭈글한 얼굴
아직도 마음은 청춘
매화 향기 따라 봄맞이 여행 나선다
얼굴에 내려앉은 하얀 꽃송이
굴곡진 주름을 덮는다

얘, 어멈아!
꽃은 하얀 꽃이 보기 좋은데

왜, 하얀 머리는 보기 싫을까?
봄이 웃는다, 하얀 틀니가 웃는다
검게 물들인 머리카락 봄바람에 휘날린다

밥

　아침밥 먹으러 나는 식탁으로 갔다. 밥숟가락 따라 밥이 내 목으로 들어왔다. 밥이 내 목으로 넘어올 때, 까칠한 밥알이 나의 창자를 움켜잡았다. 점심에는 식탁에 앉아 까칠한 밥알을 달래려 한다. 가마솥 걸린 아궁이에 볏단을 지펴 보리밥 짓던 어린 시절 외갓집 생각난다. 타다 남은 잔불에 가마솥 바닥 눌어붙은 밥알을 끓여 마시던 구수한 숭늉도 생각난다. 파리 떼들도 구수한 냄새를 맡고 부엌으로 모여들었다.

　지금 나는 소화제로 까칠한 밥알을 달래고 있다. 십구공탄 연탄불 아궁이 양은 밥솥에 지은 잡곡밥을 따끈따끈한 구들장 방바닥에 두레 밥상을 펴고 오순도순 둘러앉아 밥 먹던 시절도 있었다. 이야기꽃 피우며, 서로 많이 먹겠다고 싸우기도 했다. 그때는 김치 한 가지만 있어도 반찬 투정은 없었다. 잡곡밥이지만 수북이 담아주면 놋숟가락으로 푹푹 퍼먹었다. 소화제 따윈 필요 없었다.

　오늘 저녁 나는 식탁에 홀로 앉아, 전기밥솥에 지어진 하얀 쌀밥을 젓가락으로 깨작깨작

벌이 따라온다

가을 햇볕 따갑다
들판 벼 이삭 누렇게 패여
하루가 다르게 여물어 간다
가을 나이 먹는다
진흙 길 따라 읍내로 장 보러간다
이름 모를 벌 한 마리
계속 따라오며 치근댄다
발걸음 빠르다
아직도 여인의 향내가 풍기는 것일까?
쏘일까 무섭다
요리조리 피해도 윙윙거리며 따라온다
혹시 수벌 아닐까?
때아닌
사춘기 소녀가 깔깔거리며
골목 끝으로 사라진다
짓궂게 따라오던 남학생도
어느덧 머리는 반백이 되고
사그라진 심장 소리
구름 끝으로 눈물방울 되어 떨어진다

엄마의 뒷모습

오랜만이다
엄마와 둘이서 점심 먹는 것이
틀니가 질긴 갈비를 뜯는다
쪼글쪼글한 입 요리조리 야물게 씹는다
소소한 이야기 오간다
식당 문 나서니
봄비가 부슬부슬 내린다
우산은 하나
갈 길 멀다 딸보고 쓰고 가란다
우산도 없이 빗속으로 걸어가는 엄마의 뒷모습
딸은 우산 받쳐 들고 서서 바라본다
길모퉁이 돌기 전
엄마는 가던 길 멈추고 되돌아본다.
눈물이 핑 돈다
아흔넷의 엄마는 칠십의 딸을 걱정한다
어서 가라고 손을 내젓는다.
딸도 어서 가시라 손 흔든다
눈앞에서 사라지는 엄마의 뒷모습
눈조리개 안으로 밀어 넣는다

숭늉

개일 듯 개일 듯 개이지 않는
장맛비가 연일 심술부린다
집 안 구석구석 습기 눅눅하다
눅눅해진 오장육부 따뜻한 숭늉 찾는다
(우물에 가 숭늉 찾아)
오늘은 무쇠 가마솥에 저녁밥 짓는다
구수한 숭늉 마시려 노릇노릇하게 눌은밥
밥 냄새가 눅눅함 빨아들인다
모처럼 두레상에 둘러앉아 먹는 구수한 저녁
쌀뜨물 붓고 끓인 숭늉 더 구수하다
그래, 이 맛이야!
텁텁한 입 아첨을 떤다
요즈음 바쁜 일상과 편리성 때문에 정수기 물 선호하지만
어찌 가마솥 숭늉 맛 같을까
오늘밤부터 날씨가 맑아진다는 일기예보
뜨거운 숭늉 맛 한번 기똥차다

엄마와 콩국수

오월 햇볕 고소하다
엄마와 딸 콩국수 먹으러 가는 구수한 길
따끈한 아스팔트 콩 삶는 냄새
시원한 콩 국물 그립다
엄마와 건너는 건널목 길다
미국 나이 구십 사세
한국 나이로 구십 오세라고 말하는 입 야물다
국수 가락 길다
긴 국숫발 엄마의 쪼글쪼글한 입으로 끊어지지 않고
줄 이어간다
콩국수 먹으며 힐긋힐긋 곁눈질하는 딸
엄마는 어느새 주름진 손등으로 입 언저리 닦는다
그냥 갈 순 없잖니?
주머니에서 꺼내는 담배 한 개비
식사 후 담배 연기 날리는 구수한 여유
엄마 발길 따라오는 긴 국숫발
담벼락 핀 오월의 장미 빨간 윙크를 보내고

새해 선물

새해의 커다란 손
말없이 방문 덜컹
앗! 큰아들
자그마한 상자 불쑥 내민다
엄마 쓰세요
어머, 이게 뭐냐?
핸드크림
쭈글쭈글한 손 엉겁결에 덥석

웬 떡
새해 첫날부터
아들한테 선물을 다 받고
거칠어진 손 보들보들
까칠한 말소리 야들야들
아들, 밥 먹자!
엄마, 반찬이 왜 이렇게 많아요?
밥 먹는 입이 생글생글 웃는다

차비

당신이 저승으로 가실 때
당신께 차비를 드리지 못했습니다
뭇사람들 시선 속
누워있는 당신의 모습만
옆에서 바라보았습니다
마음속으로 편안히 가시라는
말밖에 아무것도 할 수가 없었습니다

당신이 이승에 계실 때
가끔씩 찾아뵙고 돌아오는 길
항상 버스 정거장까지 바래다주셨지요
돌아서면서 계면쩍은 듯
꼭꼭 접으신 파란 지폐 한 장을
제 손에 꼭 쥐여주고는
어서 가라 잘 가라고
손짓으로 작별하셨지요

당신을 이승에서 저승으로
보내 드릴 때에는
저는 정작 당신께 노잣돈을 드리지 못했습니다
바람 타고 구름 타고 훨훨 날아가시라고요

고궁 나들이

가을이 물들어 가고 있다
도심 속 고궁
창경궁에서 가을을 본다
형형색색 옷으로 갈아입은 나무들
발 앞까지 마중 나온 낙엽
갈바람에 엎치락뒤치락 춤춘다
얼마 만인가?
어릴 적 가족 나들이 모습 아련히 떠오른다
고왔던 어머니
한복 곱게 차려입고 꽃무늬 양산 받쳐들고
양어깨 벌어진 아버지
새 잠바에 넥타이 매고 양손 도시락 보따리 들고
자식들 새 옷 입혀 가족 나들이했던
그때는 동물원 식물원이었지
코끼리 호랑이 원숭이 칠면조도 있었고
벚꽃 나무가 많았지
지금은 창경궁 도심 속 고궁
옛 궁궐의 위엄
걷는 것도 조용조용 조심스러운
고궁 나들이 또 다른 가을을 담는다

동갑내기

나뭇가지에 매달린 가을
메마른 거리 꽃단장한다
얼마 만에 만남인가?
보자마자 서로 부둥켜안는다
손도 잡는다
미국에서 온 동갑내기 외사촌
생일이 나보다 이십 일 빠른
여태껏 부르지 않던 오라버니 호칭
이제야 장난스럽게 불러본다
주름진 얼굴에서 시간이 뒷걸음친다.
뭐가 그리 급한지
버스 정거장 긴 의자에 걸터앉아
어릴 적 얘기 듣는다
소꿉놀이하다 결혼은 너랑 한다고
앵두 같은 입술로 말했다네, 내가
전혀 기억나지 않는 어마어마한 사건
'우리는 동갑내기라 결혼은 할 수 없다'
오라버니가 점잖게 말했다네
노란 은행잎 갈바람 타고
슬며시 우리 곁으로 다가와 앉는다
헤어짐이 아쉽다 흰머리가 아쉽다

아카시아 꽃차

은혜의 달 오월 스승의 날 맞는다
아카시아 꽃송이 산들바람에 찰랑거린다
현란한 벌들의 춤 귓속을 휘젓는다
보이지 않는 꽃향기
무딘 코끝 타고 온 세상 넘나든다
아카시아 꿀맛 다시는 입술 달다
바람 타고 날아와 다실 문 두드리는 아카시아꽃
차탁 위 자그마한 찻잔 속으로 앉는다
찻물에 뜬 꽃잎
오므렸던 여린 꽃 서서히 살아나
하얀 속살 보여준다
꽃차 우린 찻잔 속마다
엷은 미소 짓고 있는 선생님의 얼굴
바라보는 제자들 환한 웃음으로 답한다
선생님, 사랑합니다
항상 건강하시고 오래도록 우리들과 함께 해요

제6부

어제의 얼굴

초가을 바람 타고
콧속으로 들어오는 흙냄새가 좋다
마른 연잎 향이 좋다
그래도 집에는 돌아가야지?

무딘 코

여름의 끝자락 더운 바람이 분다
차 도구 등에 업고 산 오른다
산에 오르면 나만의 쉼터가 있다
무딘 코 바위
나를 기다렸다는 듯
시원한 산바람 무덤덤하게 안긴다
한낱 돌덩이에 불과하지만
언제부터인가 우리는 하나
마음 터놓는 사이
준비해 간 보이차 따르니
보이차 향 온 산 휘감는다
안타깝게도 무딘 코
차향 맡을 수는 없지만
입은 돌처럼 무겁다
별말 다 해도 절대 말 옮기지 않는
사람보다 훨씬 미덥다
참 미더워 무딘 코

CT 찍었어요

CT 찍는다
벌건 대낮, 하늘이 없다
길고 둥그런 천장 하얀 색깔
기계 돌아가는 소리 무섭다
(엄마가 보고 싶다
아니다 진료비 낼 딸을 봐야 한다
빨리 이실직고 해야지)
미리 진찰 얘기 안 하고
기계 속 먼저 들어 왔다고 짜증 내면 어쩌지?
아마, 괜찮다고, 잘했다고 할꺼야
"환자분 CT 다 찍었습니다. 나오실 준비하세요."
이것은 무슨 소리?
내가 꿈을 꾸었나? 정신 차려야지
요번에는 하얀 가운 입은 의사 선생님 보인다
"아무 이상 없어요. 꾸벅"
딸한테 전화 누른다
오래 산단다. 내가
엄마, 무슨 소리예요?

해 질 녘

가을의 끝자락
누렇게 바랜 은행잎
소슬바람에 날리어 굴러다닌다
해 질 녘 하늘공원 하늘
온통 가을 색으로 물들어 붉다
재잘거리는 손자들 앞세워 영혼의 남편과 마주한다
동화 작가 등단 알린다
순간 기쁨이 슬픔으로 스며든다
소리 없는 눈물이 핑그르르
초점 잃은 눈동자가 붉다
눈초리에 매달린 가을
해 질 녘 붉게 물든 거리 담는다
어기적거리는 다리
어느새 손자의 부축 받는다
가느다란 팔목 은행나무보다 굵다
하루가 저문다
내일은, 내일의 해가 뜨겠지?
저녁 먹으러 가자, 애들아!

오지랖

연일 무더운 날씨
시원한 팥빙수 눈앞에 왔다 갔다
먼저 나선 오지랖
목구멍 목젖으로 넘어가는
헛물켜는 소리 요란하다

상대에게 보내는 언어
안경 너머에 주춤
낯설기로 오지랖 차단
쓰잘머니 곁들인 설레발
듣는 귀가 웃는다

오지랖 넓은 자락
온몸을 휘감는다
더위의 온도 높아지고
쓸데없는 언어의 바보 짓거리
여름날 미아 되어 거리를 헤맨다

대리석 벽에 국화가 핀다

하얀 눈발이 눈바람에 휘날린다
안산 하늘공원
대리석에 걸린 둥그런 장미꽃 조화
긴 시간 견디다 못해
눈발에 장미 꽃송이 부스러져 날린다
초록 잎사귀 초록 눈발로 부서진다
때아닌 삼색 눈발
장미의 아픔을 눈치채지 못한
무지한 여인
버티기 힘들었다고 몸소 보여준
말 없는 반항?
당신이 그렇게 물고 빨던 돌쟁이 손자
어느새 커버려 중학생
기특한 손자의 도움으로
떨어져 나간 장미의 자리
흰 국화꽃이 대리석 위에 피었어요

검정 우산

부슬부슬 부슬비가 내린다
기다리는 사람도 없는데 무작정 길을 나선다
우산을 쓸까 말까
어디로 갈까
이사한 조카 딸한테 전화 건다
목소리 대신 빈 전화벨 소리만
이참에 손위 시누이님 찾아뵈어야지
전화 돌린다
갈비뼈가 금이 가 병원에 입원
면회가 안 되니 오지 말란다
넘어지지도 않았는데
말도 크게 하면 통증이 온단다
노인들은 매사에 조심조심
집으로 돌아갈까?
굵어진 빗방울 보도블록 두들긴다
얼굴 위로 물방울 튄다
피부가 붉어진다
행여 누가 볼세라
빨개진 얼굴 검정 우산으로 가린다
우산 속 그림자는 누구일까?

두 눈

아련한 당신의 눈과
애잔한 내 눈이 마주쳤을 때
듣고 싶은 말
하고 싶은 말 있다
액자 속 담겨진
안경 너머
또렷한 당신의 두 눈
찢어진 우산 같다
흐릿한 내 두 눈에서 비가 샌다

LED 전광판

별빛도 잠자는 깜깜한 밤
별빛 대신 빛나는 빛이 있다
안방 유리창 밖 우뚝 선 건물
벽면 세로로 새겨진 요양원 LED 전광판
밤새도록 주위 밝히고 있다
이참에 시나 쓸까?
환한 불빛 생각을 가로막는다
잠이나, 자야겠다
베개 베고 누우니 잠은커녕
까칠한 시신경 날 세워
눈만 껌벅껌벅 온 밤 지샌다
하필이면
요양원 LED 전광판
나이 먹은 내 비위를 거스른다
머잖아 날 그곳으로 오라는
무언의 고객 유인 작전은 아닐는지

무단이탈

백로가 지나도 물러날 줄 모르는 더위
여전히 얼굴엔 구슬땀 흐르고
발에는 땀 찬다

신발 뒤꿈치에 양말이 걸리적거려서
아니면 더운 날씨에 발이 답답해
(왼쪽 발 슬슬 양말 벗겨져 신발 속 숨고)
왼쪽 발 무덤덤하게 시치미 뗀다

늦게서야 눈치챈 양말 주인
두리번두리번
무단이탈 양말 한 짝 찾는다
갈수록 무감각한 왼쪽 발 대책 없다

그나마 오른쪽 발 양말 신겨진 채
시원한 계절 어디 갔나?
무단이탈 여름 엄벌 처함!

어제의 얼굴

가물가물 잊혀버린 얼굴 더듬는다
풋풋한 단발머리 여학생 웃고 있다
강산이 네 번 변한
지금, 이 순간
서로 얼굴이나 알아볼 수 있을까
만나면 무슨 말 먼저 할까
말없이 미소만 지을까
미국에서 왔으니까 악수 청할까
아니면 가슴이 으스러지도록 얼싸안을까
여러 생각에 마음만 달싹달싹.
눈앞에 나타난 얼굴
한 여자 아니고 중년의 부부 한 쌍
그중 한 얼굴
사십 년 전 모습 내비친다
누가 먼저랄 것도 없이 왈칵 부둥켜안는다
낯선 남자 한 발짝 뒤에서 빙그레 웃고

세미원에서

눈동자 망막 안
거미줄처럼 퍼져있는 실핏줄
날을 세운다, 어디에 걸려 넘어질지 몰라
실눈 눈초리 앞세워 덩치 큰 몸집
초가을 세미원 돌길 걷는다
풀 속 가려있던 돌덩이가 반긴다
모르고 지나치자 삐쳤나?
날 세운 발목 넘어뜨린다
땅바닥 끌어안고 난 일어날 줄 모른다
엎어진 김에 자고 갈까?
조심조심 이야기 꺼내본다
개미들 귀 쫑긋 물개박수 친다
초가을 바람 타고
콧속으로 들어오는 흙냄새가 좋다
마른 연잎 향이 좋다
그래도 집에는 돌아가야지?

어제는 비 오늘은 눈물

전화선 타고 들려오는 낯선 남자 목소리, 목쉰 목소리 "저 정원이예요." 부모 따라 미국 이민 간 외사촌 동생이다. 전화 통화는 처음이다. 반가움과 놀라움에 안부 묻는다. 미국 온 지 오십 년 되었다고, 그간의 살아온 이야기 나눌 사이도 없이, 오늘 엄마가 돌아가셨다고 전한다. 별안간 귀가 먹먹하다. 어안이 벙벙하다. 가슴까지 먹먹 어제까지 서로의 핸드폰 카톡으로 소소한 안부가 오고 갔는데, 오늘은 죽음의 소식으로 돌아온다. 눈물방울 가슴으로 떨어진다.

떨어진 눈물방울 잔잔한 파문 일으켜, 이내 어깨가 들썩인다. 어제는 서로의 안부를 웃음으로 나눌 수 있었는데, 오늘은 슬픔이 몸을 추스를 수 없게 하고 눈 깜짝할 사이 눈물이 말라 없어진다.

담쟁이

푸르고 파란 줄기
붉은 벽 타고 자란다
하늘과 땅 가른다
세월과 함께
더욱 뻣뻣해지고 더욱 파랗다
돌의 차가움 잎의 외로움
서로 어루만지며
얽히고설킨 손끝으로 이룬 우정
그것의 숲 따스함 흐른다
세월 속
가을이 오면
바람결에 마른 잎 떨어지고
세상을 이어가는
어두운 죽음의 줄기들
담쟁이덩굴 속에
문득 발돋움한 어둠의 핏줄

녹차綠茶

배불뚝이 다관 안 봄을 넣고 우린다
찻잔에 따르는 찻물 소리 청아하다
찻물에 비친 눈동자 파릇하다
들창코 속으로 스미는 차향
봄처럼 싱그럽다
마시는 입언저리 파릇파릇하다
목구멍 따라 몸속으로 퍼지는 따스함
봄 햇살 받아 마음이 여여하다
찻잔 잡은 손끝으로 동네 사람 모여들고

빗발

굵은 빗줄기 쏟아진다
구름, 배꼽으로 숨 들이마시니
이내 비바람이 잦아든다
가는 바람 타고
가늘게 내리는 빗발
올챙이 꼬리처럼 꼬물꼬물
유리창에 비친 내 실루엣
꾸물꾸물 꾸부정하게 올챙이 흉내낸다
얼굴에 땀방울 흐른다
조금은 몸매가 부드러워진 듯 가뿐하다
한층 부드러워진 빗발
더위 보듬어 안고 구름 속으로 사라진다
코스모스 한들한들 가을이 춤 추고
손가락 사이로 남실바람 남실남실

팔월 한가위

추석 명절 아침입니다
정성껏 장만한 차례상 올립니다
(제가 급하게 수술하는 바람에)
일 년 만에 올리는 차례상
차리고 보니 감회가 깊습니다
아들과 딸의 아빠 사랑
함께여서 더욱더 흐뭇합니다
오늘은 보이차 한 잔 올립니다
커다란 찻사발 그리움 찰랑찰랑
보이차 차향 온 집안을 넘실거립니다
사진 속 당신의 큰 코도 넘실댑니다
팔월 한가위 보름달
당신의 훤한 얼굴이지요
시간이 갈수록 그리움은 커집니다

학교 하원

새봄초등학교 1학년 김종원[*]

오늘은 학교를 끝내고
처음 혼자 하원 하는 날이다
마음속에서 수많은 감정이 오간다
두려움, 행복, 떨림…
학교를 마치고 무사히 집에 돌아왔다
엄마가 나보다 조금 늦게 들어왔다
엄마가 나를 꼭 껴안아 주니 너무 좋았다

---

[*] 김종원은 박수여 시인의 손자.

해 질 녘 1

김종원

하늘에 있는 주황색 노을
해가 진다는 신호가 하늘에 울린다
안산 하늘공원
할아버지 납골당에 가는 길
아름다운 하얀 국화꽃
초록빛 소나무
해 질 녘은 언제나 아름답다

박수여 제2시집

흰머리 검게 물들이고

초판 인쇄 2024년 10월 18일
초판 발행 2024년 10월 24일

지은이 박수여
펴낸이 朴明淳
펴낸곳 문학시티

주 소 100-015 서울시 중구 창경궁로 1가 29 (3F)
전 화 02-2272-2549
이메일 munhakmedia@hanmail.net
제작공급처 정은출판

 ISBN 978-89-91733-75-6 (03810)
 값 12,000원